Conan Die Barbaar
Eerste Deel
Erika Sanders

Conan Die Barbaar: Eerste Deel

Erika Sanders

Conan Die Barbaar Vol. 1 tot 4

Voorbladprent: @ katalinks, 2023

Eerste uitgawe: 2023

Opsomming

Leer die vroue in Conan se lewe ken soos nog nooit vir jou gesê is nie ...

Na nuwe avonture en nuwe oorwinnings keer Conan en sy party terug na die stad waar hulle nou tuis is, Tarantia.

Sal die terugkeer maak dat hulle die avonture mis? of sal dit beter wees as wat verwag is?

Hierdie publikasie bevat volumes 1 tot 4:

1 - Conan

2 - Zula

3 - Cassandra

4 - Valerie

Nuwe reeks gebaseer op die werke van Robert E. Howard.

(Alle karakters is 18 jaar of ouer)

Nota oor die skrywer:

Erika Sanders is 'n internasionaal bekende skrywer, vertaal in meer as twintig tale, wat haar mees erotiese geskrifte, ver van haar gewone prosa, met haar nooiensvan onderteken.

Indeks:

CONAN DIE BARBAAR
EERSTE DEEL
ERIKA SANDERS

HOOFSTUK I
CONAN

Die son het op die stad Tarantia geskyn toe die klein groepie die kruin van die heuwel omsingel.

Die wit torings, koperkoepels en minarette het in die sonlig geblink en hulle na hul lang reis verwelkom.

Die laaste paar weke was opwindend, gevaarlik, aangesien hulle verlore katakombes verken het op soek na skatte, monsters en bose geeste afweer vir hul prys.

Trouens, dit was die munte wat nou hul rugsakke gedra het.

Conan het na sy kollegas gekyk, getroue kamerade in die gevegte wat hulle geveg het, en vele meer voorheen.

Lady Yasimina was die leier van die groep, ten spyte van haar buitelandse herkoms.

Gebore in die aristokrasie iewers in die suide, anderkant die Styx-rivier, was sy niks soos die edeles van Tarantia of sy naburige stede nie.

Haar skouerlengte blonde hare was in die lug ontbloot, aangesien sy haar helm verwyder het, en haar bleek lippe het in 'n glimlag gebuig toe sy die stad vorentoe sien.

Sy is dalk 'n buitelander, maar Tarantia het die afgelope jare ook 'n tuiste vir haar geword.

Met die stof van reis en die hitte van vorige gevegte het net haar koninklike houding nou haar edele afkoms gemerk, maar toe hulle terug was, was daar geen twyfel dat sy weer met gemak tussen die adel sou kon beweeg vanweë haar kennis van die vereiste etiket, wat iemand ideaal maak as woordvoerder vir die groep.

Veel meer as 'n barbaar soos Conan.

In teenstelling met Lady Yasimina wat gespierd en swaar gepantser was, was langs Conan Valeria, sy was 'n elwe-towenaar, net gewapen met 'n dolk in haar gordel.

Sy het natuurlik nou reisklere aangehad, maar teen môre was hy seker sy sou in ryk klere geklee wees wat haar skoonheid aanvul.

So bleek en blond soos Yasimina, haar hare was lank, tans in 'n lang poniestert vasgemaak om die hoogtepunte van haar ore te openbaar.

Sy het vir 'n groot deel van haar lewe tussen die woude van die suidelike eilande gewoon, wat miskien haar vreemde uitdrukking verklaar het toe sy die stad nader.

Maar sy lyk, dink Conan, kalm en ontspanne.

Miskien was dit vir haar, as elf, net die einde van nog 'n reis, 'n pouse tussen reise, eerder as 'n ware tuiskoms.

Zula, die derde van die vroue, het die gelukkigste gelyk.

Die klein pixie sit vorentoe op die ponie se saal, haar oë gerig op die stad vorentoe.

Sy het reeds voor hul aankoms 'n poging aangewend om haarself te versorg, die stof van haar klere af te borsel, en selfs nou het sy haar rooierige kleed reggetrek en 'n hand deur haar kort bruin hare getrek.

Dit het gelyk of hy tuiskoms meer as die ander verwag het, en Conan het gedink dat dit dikwels die geval blyk te wees.

Hy het geweet dat kabouters liefhebbers van familie en huis was, en hoewel Zula geen lewende familie gehad het waarvan hy geweet het nie, was dit miskien vir haar die huis, die plek waar sy die gemaklikste gevoel het.

Sekerlik was sy 'n boorling van die stad, soos hy.

Soos gewoonlik was Snagg die moeilikste om te lees.

Die dwerg was stilswyend, soos al sy familielede, en sy gesig het nou geen emosie getoon nie.

Sy wapenrusting was swaar en gehawende, nadat hy die afgelope weke die swaarste van die gevegte geneem het, en hy sou beseer gewees het of erger, as dit nie vir Yasimina se genesende magie was nie.

Donker oë onder swaar wenkbroue was gevestig op die pad vorentoe, verlore in watter gedagtes die dwerge ook al dikwels vir hulself gehou het.

Conan draai om en kyk na Tarantia.

Dit was nou haar huis, waar sy grootgeword en geleer het wat sy nou is, lank voordat sy die ander ontmoet het.

Ek het geen twyfel gehad dat hy bly was om terug te wees nie.

Kort voor lank, het hy geweet, sou hulle weer op hul avonture wees, en hy het daardie oomblikke geniet.

Maar die stad het baie plesier gehad wat dit langs die pad geweier is.

Dit was 'n beskaafde plek, 'n heiligdom-agtige plek.

In die volgende paar dae sal daar baie dinge wees om te doen.

Hy moes die School of Warriors bywoon en met sy vriende en metgeselle herenig en sy opleiding voortsit.

En daarby het hy sy meditasies in die tempelkapel gedoen, waar hy net daar gebid het tot die godheid wat die naaste aan sy hart lê: Muriela, die godin van liefde.

Maar bowenal sou sy tyd hê om te ontspan, om die openbare baddens, die goeie kos en wyn te geniet, om op die markte te gesels en, as Muriela instem, om geselskap vir die nag te kry.

***

Die villa was naby die westekant van die stad, nie ver binne die muur nie.

Dit was 'n groot gebou, eers gekoop en toe opgeknap met die geld wat hulle uit avontuur verdien het.

Conan en Zula het daarop aangedring; hulle het in herberge gewoon terwyl hulle weg was, maar hulle wou 'n plek hê om na terug te keer, 'n basis van bedrywighede wat hulle werklik hul eie kon noem.

Dit het hom 'n rukkie geneem om die gebou na sy huidige toestand te herstel, aangesien dit in 'n taamlike vervalle toestand was toe hulle dit gekoop het.

Maar die resultaat was die tyd en onkoste werd.

Die sentrale gebou was twee verdiepings hoog, met, soos baie ander in die stad, 'n breë, plat dak waar hulle in die somer kon bymekaarkom.

Aan elke kant was twee vlerke, waarvan een die stalle bevat het.

En tussen die vleuels was 'n wye binnehof, ommuur van die res van die stad.

Vir avonturiers was dit vanselfsprekend om ten minste 'n mate van verdediging te hê, selfs al was hulle so veilig soos hulle behoort te wees in Tarantia.

Yakin het die hekke toegemaak toe die laaste van die perde die werf binnegekom het.

Hy was 'n jong man, bekwaam in sy werk as administrateur, maar hy was nie 'n avonturier nie.

Hulle het hom 'n jaar gelede gehuur, en besef iemand moet die huis behou terwyl hulle weg is in die woestyn.

"Het hulle goed gedoen?" hy het gevra: "Ek sien dat nie een van julle seergekry het nie, dank die gode!"

Conan het geglimlag, afgeklim en die jong man op die rug geklop.

"Ja, ons het goed gevaar. Ons moet hierdie skat na die kluis neem en dan opruim. Ons gaan net 'n ligte middagete benodig; kom ons gee hulle tyd om 'n paar vars voorrade bymekaar te bring."

Hy kyk na die ander om hom.

Hulle het ook van hul perde en ponies afgeklim en hul bene gestrek ná hul rit.

Yakin gegroet , maar Snagg het net in sy rigting geknik en niks gesê nie.

Dit het gelyk of Zula besig was met die pakke op haar perd en het net af en toe in hul rigting gekyk.

Miskien het sy gedink iets het losgekom...

Conan stoot die gedagte uit sy kop.

"Ons sal jou alles vertel, vanmiddag," het Yasimina gesê, "maar eerstens sien ek uit na 'n bad en 'n paar skoon klere. En in die aand, 'n goeie ete, miskien? Sal alles gereed wees ?"?"

"Ja, my dame," het Yakin geantwoord, "en niks groots het gebeur terwyl jy weg was nie, ek is bly om te sê dat alles is soos jy dit gelos het."

"So jy sien," het Conan ingelui, "vanaand, ek dink ek wil graag na 'n taverne gaan. Spandeer van daardie swaarverdiende geld, en onthou hoe dit is om terug in die dorp te wees! Is daar iemand by my ?" "

Snagg knik en grom sy instemming, maar die vroue het geprotesteer.

"Nee, ek dink 'n bietjie rus en vrede sal my vandag aanspreek," het Valeria geantwoord. "Ek sal vanaand hier bly."

"So ook," antwoord Yasimina, kyk dan na die laaste lid van die groep, wat nog nie by hulle aangesluit het nie, "Wat van jou, Zula?"

"O..." sê die dwerg, asof sy 'n bietjie verbaas is, "nee, nee, ek dink ek sal ook hier bly. Ek, uh, ek dink ek sal eintlik vroeg gaan slaap. Ek voel redelik moeg immers." hierdie keer kampeer in tente".

Conan knik. Dit sal dalk goed wees om vir 'n rukkie 'n nag saam met 'n ander geselskap deur te bring, omdat ek so lank saam met die ander op pad was.

"Dan net ek en jy, Snagg ," het hy gesê en bygevoeg, "ons sal probeer om nie te luidrugtig te wees wanneer ons terugkom nie. Maar eers het ons 'n middag voor ons ... en 'n jong man om te vermaak met ons avontuurverhale." huh?

***

Die Gold Cup Inn was soos gewoonlik hierdie tyd van die nag vol.

Alhoewel die plek kamers gehuur het, was dit net soveel 'n taverne as 'n herberg, so toe die skaduwees buite begin langer word, het baie van die goeie mense van Tarantia ingekom vir 'n drankie voordat hulle huis toe gegaan het.

Die klante was egter oor die algemeen eerbaar, so daar was min kans op 'n bakleiery of andersins enigiets onaangenaam sou gebeur, soos dikwels die geval was in tavernes in ander dele van die stad in minder prysenswaardige gebiede.

Dit was hoekom Conan daarvan gehou het, en ook omdat matig ryk besoekers van buite die dorp dikwels hier gebly het, so dit was ook 'n goeie plek om werk te kry.

Maar dit was nie hoekom hy en Snagg vanaand hierheen gekom het nie.

Hulle het vir die oomblik genoeg werk gehad.

Hy wou ontspan en pret hê, ten minste vir een aand.

Hy het 'n gratis tafel gekry, en hulle het albei gaan sit en 'n drankie bestel.

Die kelnerin, wat nie kon help om op te let nie, was pragtig.

Sy was in haar laat twintigs, met krullerige, skouerlengte hare die kleur van goue sand, bruin oë en 'n verwelkomende glimlag .

Haar kortmou wit hemp was lae snit, en het oorgenoeg klowing geopenbaar.

En haar vel, van wat ek kon sien, was pragtig en ligbruin.

"Jy is nuut," sê hy en glimlag toe sy met 'n skinkbord drankies kom, "wat is jou naam?"

"Livia," het hy eenvoudig gesê en haar met 'n glimlag vol pragtige wit tande bekoor.

Terwyl hy dit gedoen het, het hy opgemerk dat haar oë oor hom beweeg, sy donker hare, kort baard inneem, en wat hy verwag het, was 'n redelik maer, atletiese liggaam van 'n werk wat hom dikwels geoefen het.

Haar blik sweef effens oor haar ore, effens spits, en wys haar halfelf-erfenis.

"Ek werk al 'n paar weke hier, maar ek het hom nog nie voorheen gesien nie. Kom hy gereeld?"

Hy het 'n paar bekers op die tafel gesit en kort na Snagg gekyk , maar toe, blykbaar niks van belang gesien nie, draai hy terug na Conan.

"My naam is Conan," het hy geantwoord, "en ek woon eintlik naby. Maar ek en Snagg was die afgelope tyd weg, hier uit."

"'n Avonturier?" sê sy en klink beïndruk, "of dalk 'n handelaar?"

"Eerstens, en ek waag dit om te sê ek kan baie interessante stories hê om vir jou te vertel, as jy die tyd het."

Snagg se oë rol effens by die opmerking.

Sekerlik, vir 'n dwerg, selfs hierdie was 'n bietjie te gegooi.

“Later, miskien,” sê Livia, “is daar ander klante.”

Nog 'n vinnige glimlag, en sy verdwyn terug in die skare.

"Wel, my vriend," sê Conan, draai na sy mede-avonturier en lig sy beker: "Vir ons onlangse oorwinnings!"

En soos die aand aangestap het, het hulle stories van hul onlangse avonture uitgeruil, en 'n klein groepie het om die tafel begin saamdrom.

Sommige van hulle, het Conan geweet, was kontakte en vriende wat ook hierdie taverne besoek het, maar ander was mense wat hy op sy beste vaagweg herken het.

Snagg het meer kwik geraak namate hy meer bier gedrink het, maar die vegter het geen rede gesien om hom te keer nie.

Hy het meer gepraat oor gevegte en naby-dood-eskapades as rykdom en skatte, en wat was die punt daarvan om 'n avonturier te wees as jy nie 'n bietjie kon spog nie?

Verder was sy aandag dikwels elders.

Terwyl Snagg 'n storie begin oor die stryd teen 'n skaduagtige dooies, het Conan na Livia gekyk.

Hy het opgemerk dat hy aandag aan die stories gegee het, en sy oë was meer op hom as die dwerg gerig, ongeag wie praat.

Op hierdie stadium het sy egter oorgeleun om van agter die kroeg na 'n kruik te reik.

Haar groen romp het tot op die middel van die kuit geval, sodat hy min van haar bene kon sien, maar haar gat was goed afgerond.

Sy het dit sonder die romp verbeel, hoe dit in haar bak hande sou voel ...

"En toe...?"

"Hmm?" Hy het na Snagg gedraai , bewus daarvan dat hy elders gesoek het en die draad van die gesprek verloor het.

"Vertel hulle wat jy volgende gedoen het," het hy die dwerg gevra, "nadat Yasimina se bottel in die put geval het."

Hy het gehoorsaam, teruggekeer na die storie, en vir 'n oomblik van Livia vergeet.

Maar toe verskyn sy aan die ander kant van die tafel en vee 'n smeer op haar pad af.

Sy leun in terwyl sy dit doen, baie doelbewus, dink hy en gee 'n duidelike, onbelemmerde uitsig oor die bokant van haar hemp, en van die heuwels van haar borste wat uit haar klowing uitsteek.

Hy het sy keel skoongemaak, "terug na jou..." het hy aan Snagg gesê .

Livia het hom weer daardie glimlag gegee, terwyl sy om die tafel geskiet het totdat sy aan sy sy was en haar pragtige bobeen teen sy hand trek.

Dit kon nie 'n ongeluk gewees het nie, toe gly hy sy hand in die geheim op, voel die vorm van haar lyf deur die dik materiaal van haar romp, gee haar boud 'n ligte druk.

Sy het niks gesê nie, en al die ander het destyds na Snagg gekyk.

Hy kyk na haar, en sy kyk op na die plafon, in die rigting van die herberg se slaapkamers, en knipoog vir hom.

Hy knik stil, en toe is sy weg, terug na die kroeg en 'n ander groep gaste.

***

Conan het deur die donker kamer gegaan.

Die groter maan het na buite opgekom en sy silwer lig oor die stad gegooi, en van dit het deur die klein venstertjie gespoel.

Die middag het tot 'n einde gekom, en Snagg was weg en het alleen teruggekeer na die villa.

Hy het daarteen gelate gelyk, nie besonder verbaas nie, maar ook nie goedkeurend nie.

Die dwerge het immers nie Muriela aanbid nie.

Conan het reeds tot by die middel gestroop en sy sandale afgegly, sy klere is nou op 'n stoel in die hoek gevou.

Die kamer het slegs 'n bed en 'n tafeltjie gehad.

Dit was nie een van die elegantste kamers in die herberg nie, maar dit het nie regtig saak gemaak nie.

Daar was geen spieël nie, maar die vegter het in elk geval sy hare glad gemaak en op sy beste probeer lyk.

Sy kon die skoonmaak van onder hoor noudat die laaste van die gaste huis toe gegaan het of na hul kamers opgegaan het.

Daar was 'n stille klop aan die deur, en hy steek vinnig na hom toe om dit oop te maak.

Livia het geraam in die deur staan, met 'n kers op 'n bordjie in een hand.

Die kerslig het haar gesig en bors verlig, haar krullerige hare gooi skaduwees, haar lippe effens geskei en uitnodigend.

“Ek het begin dink jy kom nie,” sê hy skertsend, maar die wag was nie te lank nie.

"Ek het nie 'n kans gehad nie," sê sy en flits weer daardie glimlag.

Sy het vinnig die kamer binnegegaan, die deur stewig agter haar toegemaak en die kers op die tafel neergesit.

Conan beweeg om dit af te skakel, maar sy reik na sy hand en hou dit in hare.

Sy vel was sag, warm.

“Los dit aan,” prewel Livia, haar oë dwaal oor sy kaal bors en op sy bolyf.

Skielik het sy sy kop met haar vrye hand omhels en hom na haar toe getrek en hom passievol gesoen.

Die soen het talm, hul lippe ontmoet.

Conan vou sy arms om haar, trek hulle saam, druk haar wulpse borste teen sy bors, net geskei deur die katoenstof van haar hemp.

Haar arms vou om hom, haar hande verken sy rug, stuur 'n tinteling van afwagting langs sy ruggraat af.

Hulle het stilgebly, diep asemgehaal en in mekaar se oë gekyk, en dan soen hulle weer, hul tonge inmekaar.

Uiteindelik het sy onttrek, en hy kyk weer na haar en bewonder die manier waarop haar bors gestyg het.

Hy reik af en verwyder haar wit hemp, gly sy hande op sy sye, lig dit dan oor haar kop terwyl sy haar arms lig.

Sy het weer geglimlag en die eenvoudige frase uitgespreek: "Is ek oukei met jou?"

Dit was 'n vraag wat nie eintlik 'n antwoord nodig gehad het nie; sy was manjifiek.

In plaas daarvan om te antwoord, het hy haar borste in sy hande omvou, met sy vingers oor haar vel.

Haar tepels was ook groot en pienk, al hard en stekelrig toe hy oor sy duime streel.

Hy het haar weer na hom toe getrek, en hulle het gesoen terwyl hy sy hande deur haar hare trek en die kontoere van haar nek naspeur.

Hy het haar versigtig na die bed gelei, haar beurtelings gesoen en aan haar borste geraak.

Livia sug terwyl sy op haar rug lê, en hy klim op die bed langs haar.

Hy soen haar ken, en dan haar nek, en beweeg af na haar sleutelbeen.

Hy het vir 'n oomblik stilgebly, die vorm van haar borste bewonder, dan leun hy sy kop na een en knip haar tepel met sy tong.

Sy prewel iets onhoorbaar maar gelukkig, en hy het voortgegaan, saggies gesuig en met sy tong oor die sensitiewe vel gehardloop.

Hy masseer haar vrye bors, en skuif toe.

Dit het lekker gesmaak, terwyl sy eie hande op haar arm hardloop, oor haar skouer, en haar ferm lyf voel.

Hy kyk op, en hulle oë ontmoet mekaar weer.

"Mmm... moenie ophou nie" sê sy.

In plaas daarvan om te reageer, het hy die basis van haar borsbeen gesoen en dan na haar maag beweeg.

Hy besin weer oor die sagtheid van haar vel en die vorm van haar lyf, goed omlyn, maar sonder harde spiere.

Hy gryp na die raam van haar romp, klim van die bed af om hom tussen haar bene te posisioneer.

Hy trek haar romp en katoenbroekie oor haar heupe, gly dit oor haar bene om op die vloer te rus.

Livia het haar skoene uitgeskop en naak en hulpeloos voor hom gestaan.

Naak, haar bene lyk so goed soos hy hom voorgestel het onder in die taverne.

Hy het sy hande oor haar dye getrek, dit stadig opbeweeg en haar heupe gesoen, reg langs die hoop skaamhare.

Haar bene was uitmekaar, en hy blaas saggies tussen hulle, die hitte van sy asem terg haar terwyl sy in die kerslig kyk hoe 'n kraal vog tussen hulle glinster.

"O ja," sug Livia, "ja asseblief..."

Hy het sy tong oor die gleuf getrek, dan sy lippe geskei en die warm, uitnodigende vleis van haar poes ondersoek.

Livia hyg van plesier, haar heupe wriemel wellustig teen die lakens.

Conan het sy hande op haar boud geplaas en voortgegaan om te suig en lek, terwyl hy sy tong teen haar klit slaan.

Livia kreun nou sag.

Hy laat sak 'n hand om haar hare te streel, hardloop langs die gepunte buitelyn van haar linkeroor.

Hy kyk op en kyk hoe daardie wonderlike borste styg en val soos haar asemhaling swaarder, meer opgewonde raak.

Sy keer terug na haar taak, steek nou een van haar vingers in haar poes terwyl sy aanhou om dit te lek.

Terwyl hy met haar klit gespeel het, het sy gekreun, effens onder hom geskuif, so hy het dit weer gedoen en haar gekerm in passievolle hyg verander.

Hy staan op en bewonder weer die skoonheid van die meisie voor hom.

Livia stut haarself op haar elmboë, sweet drup nou oor haar gesig, steek 'n lok oor haar voorkop.

Sy blik trek oor haar lyf, terwyl hy weer op die bed langs haar gaan sit het.

"Jy het dit geniet, reg"

Hy het haar geterg en 'n soen in ruil daarvoor ontvang.

Hy steek sy hand uit om weer een van haar borste te streel, terwyl sy hand oor haar sy gly.

Sy ruk aan haar gordel, maak die koord met 'n bietjie moeite los en glip dit dan oor haar dye.

Hy het sy broekie uitgetrek, en haar hand het sy piel gevind, langs sy lengte gestreel, haar vinger oor die punt laat loop, die knop borsel.

Hy soen weer haar naaste bors, suig aan die tepel, lek dit, terwyl sy eie hand sy ereksie streel.

Hy het hom weer verwonder aan die sagtheid van haar aanraking, wat blykbaar hom net tot groter ekstase dryf.

Sy vryf sy piel teen die nat hare van haar vagina, en hy kyk op en ontmoet haar smekende blik.

Hy draai sy been en swaai oor haar, sy gewig druk op haar borste.

Sy het hom na binne gelei terwyl hy diep in haar verwelkomende poes ingedruk het.

“O gode,” prewel sy, vou haar een arm agter haar nek en vou haar boude met haar ander hand terwyl sy aanhou heen en weer wieg.

Hulle hyg nou, plesier wat in hom opwel terwyl hy oor en oor in haar lyf druk.

Hulle het gesoen, terwyl hy een van haar borste masseer, en sy het 'n vinger om die kontoer van sy oor gehardloop.

Hy het vir 'n oomblik stilgebly en nie wou hê dat die gebeurtenis te gou sou eindig nie.

Haar bruin oë was lewendig, skitterend in die kerslig, en haar glimlag was so aansteeklik en uitnodigend soos altyd.

Hy begin weer beweeg, voel hoe haar heupe teen hom druk, sy hand gryp haar boude nou stywer vas, haar borste drup van sweet terwyl haar pofferige pienk tepels aanhou dans.

Livia het geskree toe hy kom, en hom na haar gegryp terwyl haar eie orgasme haar lyf geteister het.

Selfs Conan het nie verwag dat sy eerste aand terug van die avontuur so aangenaam sou wees nie...

HOOFSTUK II
ZULA

Zula het haar slaapkamerdeur agter haar toegemaak, en skielik senuweeagtig teen die deur geleun.

Hy het homself verskoon van die laataand-gesprek sodra Yakin vertrek het om sy eie nagwerk te voltooi.

Sy het aanspraak gemaak op moegheid, maar die waarheid was heel anders.

Sy haal die magiese kristalbal uit haar sak, en hou dit in haar hand, kyk daarna, haar hart klop.

Toe hy dit kry, begrawe in rommel naby die agterkant van 'n ondergrondse kamer, het hy aanvanklik beplan om dit aan die ander te oorhandig, soos enige deel van die buit uit die groep se skat.

Maar dit was voor sy besef het hoe nuttig dit sou wees, en presies wat sy daarmee kon doen...as die ander net nie geweet het sy het dit nie.

Hy het skuldig gevoel omdat hy dit gedoen het, veral as hy oorweeg het wat sy werklike motief was.

Miskien moes hy vir hulle gesê het, en dit toe as sy deel van die buit geëis het.

Dit was baie makliker as hulle nie geweet het nie... maar, net so, sou dit nou uiters verleentheid wees as hulle uitvind.

Maar daarvoor was dit reeds te laat.

Hy het die kristalbal in sy hand gehad en dit was geen sin om dit te neem as hy nie van plan was om dit te gebruik nie.

Dit sou die ergste van beide moontlikhede wees.

Asemhaal om haarself te kalmeer, sy skuif die grendel aan die binnekant van die deur toe, maak dit toe en gaan na haar bed.

Hy het sy baadjie uitgetrek, dit eenkant gesit, op die bed gaan sit en ook sy stewels uitgetrek.

As 'n pixie was hy lief vir gemak, en die bed het reeds uitnodigend gevoel.

Sy gaan lê, bo-op die oortreksels, voel hul sagte materiaal met haar kaal tone, en laat rus haar kop diep op die kussing.

So, al voel sy 'n bietjie meer ontspanne, sprei sy die klein magiese bol voor haar uit.

Sy het natuurlik geweet hoe om dinge te aktiveer, nadat sy dit al 'n paar jaar gelede gesien het.

Hulle was nuttige toestelle, maar skaars, en dit was net sy geluk wat 'n mens in sy hande laat glip het.

Sy staar na die aardbol, maak dit lewendig, en druk dit dan saggies teen een toe oog.

Die glas het begin gloei, en 'n wasige skyf lig het voor haar opgedoem.

Hy het sy hand oopgemaak en die bal begin styg, en laat die aardbol agter, steeds vas voor sy gesig.

Hy kon vorms sien vorm binne die skyf: 'n beeld van sy donker kamer gesien vanuit die kristalbal se perspektief, nie sy eie oë nie.

Trouens 'n magiese oog, dink hy.

Nou moet hy net dink waarheen hy wil hê hy moet gaan, en hoop dat niemand hom sien nie.

Dit was so klein dat niemand dit sekerlik sou doen nie, solank sy maar versigtig was.

Nou kon sy kyk waar sy wil, sonder dat iemand dit weet... en daar was veral een plek waarna sy sekerlik wou kyk.

Sy wens die oog wil by die oop venster uit dryf en af na die grondvloer, waar dit deur 'n ander opening gly.

Die spasie was te smal vir 'n persoon om in te pas, weens die metaalrooster oor die venster, maar nie vir iets so klein soos hierdie oog nie.

Hy het sy oog na die hoofkamer gerig, waar hy die ander gelos het, en dit net bokant die deur laat hang, in die skaduwees naby die plafon.

Die huis is net hier en daar deur 'n paar fakkels verlig, wat baie kolle donker gelaat het.

Deur die deur kon hy sien hoe Yasmina en Valeria, wat reeds gelyk het of hulle terugtrek, klaarblyklik besluit het dat hulle niks anders vanaand kon doen nie, tensy hulle vir Conan en Snagg wou wag .

Hy het vir die regte oomblik gewag en die oog vasgehou waar dit was, totdat hulle met die trappe op begin het, en dit dan stadig in die gang af beweeg, na een van die agterdeure.

Die magiese gesig van die plek was buitengewoon, amper asof sy self daar staan, of eerder in die lug sweef, net onder die plafon.

Besonderhede was so skerp soos sy eie sig, en met byna dieselfde gesigsveld.

Maar dit was 'n goeie ding dat sy in 'n donker kamer was, want die skaduwees wat op die skyf voor haar verskyn, sou alles verduister het as sy self in die lig gestaan het.

Byna onmiddellik nadat hy die agterste gang binnegegaan het, het hy sy teiken gesien: Yakin.

Yakin was natuurlik 'n mens, en daarin lê die tragedie.

Hy was 'n aantreklike seuntjie, 'n paar jaar jonger as sy, maar oud genoeg om haar tipe te wees, en volwasse genoeg om haar te interesseer.

Hy sou nogal 'n pixie gemaak het, met sy voorkoms, sy ligbruin hare en reguit neus.

Maar dit was nie, wat beteken het dat daar altyd 'n kloof tussen hulle sou wees.

Mense het dikwels met elwe gemeng - Conan was 'n lewende bewys daarvan - maar nooit met kabouters nie.

Die verskil in grootte was 'n te groot struikelblok vir hul persepsies en, as sy eerlik was, ook vir die meeste kabouters.

Sy was drie voet twee duim lank, heeltemal redelik vir 'n skelm vrou, maar teen 'n mens soos Yakin ... wel, as sy eerlik moet wees, was die probleem wat in haar kruis was, wat vir haar te groot sou wees.

Dit was 'n skande, dit was regtig.

As daar maar een of ander manier was om hom tot grootte te laat krimp, sodat hy haar soos 'n normale vrou kon vat.

Dit was nie dat sy op enige ander manier soos 'n meisie gelyk het nie; haar borste en heupe het haar so mooi gemaak soos enige menslike vrou.

Die dwerge was anders, met hul dik boude en vertraagde ledemate; selfs al was 'n mens so groot soos 'n dwerg, sou dit onwaarskynlik wees, het hy gedink, om een aantreklik te vind.

En, as sy 'n dwerg was, sou sy waarskynlik niks in Yakin gesien het nie.

Maar hy was nie, en die waarheid was dat hy 'n aantreklike jong man was, en altyd bedagsaam en behulpsaam.

Hoeveel keer het sy in hierdie einste bed gelê en aan hom gedink?

Hoeveel keer het sy die laaste paar dae sy gesig voorgestel terwyl sy wag totdat sy weer naby hom kon wees?

Hoeveel keer het sy al oor hom gefantaseer, haar verbeel dat hy op een of ander manier tot haar grootte gekrimp het, en wat hulle saam sou kon doen as hy was?

Maar sy wou dit nie vanaand doen nie; sy wou net na hom kyk, met die wete dat as hy weet wat sy voel, dinge desperaat ongemaklik sou raak.

Omdat hy 'n mens was, en hy kon nooit haar gevoelens, haar begeertes vergeld nie.

Sy lê toe op die bed en kyk hoe hy die luike toemaak en die fakkels uitdoof, en die villa voorberei vir die nag.

Sy het besef dat, met die hortjies toe, sy weer ondertoe sal moet gaan nadat hy gaan slaap het, en die venster moet oopmaak om die oog terug in haar kamer in te laat.

Maar vir die oomblik was sy bly om hom te sien.

Na 'n rukkie, blykbaar tevrede met sy pligte vir die nag, het Yakin deur 'n sydeur gegaan.

Zula het dadelik besef dit is nie die pad na haar woonplek nie.

Trouens, besef sy, haar hart het amper opgespring by die gedagte, dit is die deur na die badkamer!

Die stad Tarantia is op warmwaterbronne gebou, deel van die rede vir sy bestaan.

Die villa, soos baie wat regoor die stad geleë is, het sy eie badkamer gehad, gevul met natuurlike warm water.

Sy het dit self vroeër gebruik om reisvuil en stof weg te was, haar eerste behoorlike bad in meer as 'n maand.

Onbewustelik, terwyl sy haar besluit van net 'n rukkie tevore vergeet het, beweeg sy haar linkerhand na haar bors, streel dit deur die rooierige lap van haar kleed.

Haar tepels verhard met die aanraking.

Was Yakin net soontoe om iets reg te maak, of...?

Sy knip haar oog deur die deur agter hom en gooi dit na die plafon.

Yakin het skielik omgedraai, agter hom gekyk en dan by die deur uitgegaan.

Het hy die oog gesien?

Het hy dit te vinnig beweeg?

Zula was nou verlam, het nie gewaag om te beweeg nie, asof hy haar op een of ander manier kon sien, en nie 'n drywende kristalbal nie.

Maar die jong mens het sy kop geskud en blykbaar niks gesien nie, en teruggekeer na die kamer en die deur agter hom toegemaak.

Hy was naby, maar dit het gelyk of sy daarin geslaag het om haar oog uit sig te hou.

Nou durf hy dit egter nie van sy huidige plek naby die plafon wegskuif van die twee lampe wat die vertrek verlig het nie.

Sy kan dit nie waag om hom weer agterdogtig te maak nie.

Yakin het een van die handdoeke uitgehaal en dit naby die badkamer neergesit.

Sy het besef dat hy regtig gaan bad, en haar oorspronklike plan het heeltemal uit haar gedagtes verdwyn.

Sy wou net kyk hoe hy werk, totdat hy die lampe afgeskakel het en die huis in duisternis gedompel het, maar nou was dit anders.

Sy vryf weer met haar linkerhand oor haar bors, verkreukel die stof daaroor, voel die opgewondenheid terwyl sy haar ander hand gly om aan die binnekant van haar bobeen te rus, voel hoe die sagte leer van haar bande teen haar vlees druk .

Sy haal asem, sug met verwagting, haar oë rek.

Yakin trek sy tuniek op en buk dan om sy skoene los te maak.

Ten spyte van alles wat sy probeer het, het sy hom nog nooit voorheen in 'n toestand van gedeeltelike naaktheid gesien nie .

Hy het besef dat hy nie eens regtig weet hoe 'n naakte menslike mannetjie lyk nie.

Hoe soortgelyk sou hulle aan elwe wees?

Te oordeel na wat hy tot dusver gesien het, was daar geen verskil nie.

Yakin was matig goed gebou, sy ligte vel foutloos en glad, 'n ligte laag hare op sy boonste bors, maar baie min.

Sy liggaamsbou was soos sy hom nog altyd voorgestel het, geknip maar nie te gespierd nie, sy maag plat.

Sy kyk af na haar middel, terwyl sy begin vroetel met die veters wat haar eie uitrusting omhoog hou.

En toe draai Yakin om.

Dit was nie sy rug wat sy wou sien nie, maar nou het hy sy rug na haar toe, sy skoene en tuniek versigtig op die bankie voor hom neergesit.

Sy durf nie haar oog beweeg om beter te kyk nie, en het net na hom gestaar, niks in staat om iets aan haar situasie te doen nie.

In een gladde beweging het Yakin haar lang sykouse verwyder, dan die katoenbroekie wat sy onder gedra het, afgetrek.

Sy boude was ferm, vorm, die soort waarvan sy gehou het.

Maar sy wou meer sien.

Hoekom het dit so lank geneem?

Met 'n gefrustreerde knor, reik sy af met haar linkerhand, skei haar tuniek, reik na binne en knyp dan haar kaal tepel.

Die kantknope het losgemaak, en sy het haar ander hand in haar broekie ingeskuif, met haar vingers oor haar skaamhare en af na die gleuf tussen haar bene.

Haar poesie pyn van begeerte, maar sy het haarself gedwing om stil te bly wonder.

Moes hy regtig?

Ja.

Hy wou beslis.

Yakin draai terug na die bad, staan voor dit, poedelnaak, met alles interessant in die oog.

Op daardie oomblik het hy besef dat hy nie eers gedink het oor watter van die twee moontlikhede hy regtig wou wees nie.

Het hy verwag dat, ten spyte van die mens se groot grootte in ander opsigte, sy penis die grootte van 'n kabouter sou wees, wat hom hoop gee, al is dit 'n verre een, met die hoop dat hy eendag kan kies om dit tussen sy dye te plaas?

Of het hy heimlik gehoop, in een of ander donker hoekie van sy gedagtes, dat mense in elke opsig soos kabouters in verhouding sou wees, wat sy haan so groot en kragtig sou maak soos die res van hom?

Dit was nou baie duidelik dat die laaste moontlikheid die ware een was.

Sy het nog nooit 'n naakte mens gesien nie, maar sy het naakte kaboutermanne gesien en, in al sy verhoudings, het Yakin beslis na een gelyk.

Hoe groot het dit vir sy penis beteken, veral as hy heeltemal regop was?

Nou was hy nie regop nie en hy het groot gelyk, hoe groot sou hy wees as hy ten volle opgerig was?

Hoeveel verder het dit haar hoop om hom te besit verpletter?

Op die oomblik het sy nie omgegee nie.

Met haar linkerhand wat oor haar bors streel, steek sy 'n vinger tussen haar poeslippe in.

Hy was baie nat, warm, seer van haar aanraking.

Sy moes loskom, en sy het dit gou nodig gehad.

Sy vinger streel oor haar klit, en sy hyg terwyl sy 'n skielike opwelling van plesier ervaar.

Sy het hom so nodig gehad dat dit seergemaak het.

Ja, sy het al baie keer vantevore gemasturbeer en aan Yakin gedink, maar dit was nog nooit so nie.

Die beeld van hom naak voor die bad was een wat sy sekerlik vir altyd in haar gedagtes sou hou.

Dit het soos 'n ewigheid gelyk, maar dit kon skaars lank gewees het voordat hy in die warm water van die bad gegly het.

Soek nou die geurige seep en puimsteen wat sy self daardie aand gebruik het.

Die waters was skoon en helder, wat haar 'n uitsig oor haar hele liggaam gegee het, verwring deur die golwe, maar meer as genoeg om haar fantasieë aan te wakker.

Sy gly haar vinger in en uit haar poesie, vind 'n ritme, voel die gladde nattigheid van haar seks.

Toe, terwyl hy weer na die voorwerp van sy liefde kyk, het hy iets gedoen wat hy nog nooit tevore gedoen het nie, en 'n tweede vinger ingedruk.

Hy begin pomp, harder klop, sy asem skeef, trek met sy ander hand aan haar tepel, draai dit tussen duim en wysvinger.

Sy wou so graag vir Yakin hê, maar dit was al wat sy kon doen om te voel dat hy haar in haar bed stoot.

Haar vingers het hard gewerk terwyl sy hulle dieper gedwing het, en haar verbeel dat die groot haan heeltemal regop is, wat sy weg in haar gretige poes werk.

Verbeel jou daardie ferm boude wat met toenemende krag in haar bons.

Hy steek 'n derde vinger in haar wellustige passie, en vind dit styf, amper pynlik.

"Ek kan jou naai, ek weet ek kan ..." hyg sy en besef skielik dat sy hardop gepraat het.

Toe tref haar klimaks haar, en sy het van die bed af geboë, haar klein lyfie wat stuiptrekkings kry terwyl golwe van orgasmes oor haar neerstort, verstom in hul felheid, wat selfs die sig van die naakte man in die ligskyf voor haar verblind.

HOOFSTUK III
CASSANDRA

Leerstewels met sagte sole het min geluid gemaak toe die donker, kappie figuur langs 'n donker agterstraat stap.

Die nabygeleë huise was groot, van die mees weelderige in Tarantia, baie van hulle verlig deur lanternlig van binne hierdie tyd van die nag.

Al was dit nie vir die donkerte buite nie, sou min van die figuur se gelaatstrekke sigbaar gewees het, toegehul onder die lang, kappie mantel.

Die figuur kyk rond om seker te maak niemand kyk nie, maar die straat is verlate.

Hy het die agterdeur van een van die huise genader en saggies geklop.

Na 'n lang pouse het die deur effens oopgegaan en 'n menslike gesig het uitgeloer.

Blykbaar tevrede met die besoeker se identiteit, het die man die deur wyer oopgemaak en die figuur het binne verdwyn.

Die binnekamer was somber, net verlig deur die kandelaar wat die bediende vashou.

Cassandra trek die kap van haar mantel terug en onthul 'n mooi, dog ernstige gesig met bleek vel en skouerlengte bruin hare.

Sy afkoms was egter onmiddellik duidelik, so ook sy rede om weg te kruip.

Net onder haar hare was die punte van twee klein swart horings, en haar oë gloei in die kerslig soos twee donker granate, 'n beslis onnatuurlike rooierige tint.

"Ek sal jou vrou in kennis stel van jou teenwoordigheid," het die man gesê, blykbaar op geen manier op haar onthullende voorkoms gereageer nie, "en wag asseblief hier."

Toe hy dit sê, het hy vertrek, die kers saamgeneem en die kamer in byna totale duisternis gedompel.

Dit het vir Cassandra min saak gemaak, hoewel sy geen idee gehad het of die man dit besef het of nie.

Sy was 'n halwe demoon, haar bloed bevlek met die duisternis van die hel self.

Die meeste van haar voorouers was natuurlik mense, maar een van haar oumagroots het haar verbind tot 'n nag van oproerige losbandigheid met 'n demoon, wat haar oupagrootjie as gevolg daarvan verlaat het.

Hy het nie geweet of omgee vir die presiese besonderhede nie, wat nog te sê van hoe sy Hel-aangeraakte lyn oor geslagte strek, maar die helse vlek in sy bloed het hom 'n paar voordele bo meer alledaagse mense gegee.

Een daarvan was 'n groot vermoë om in die donker te sien wat selfs 'n kat se visie sou uitgedaag het.

Dit was, het hy tot die gevolgtrekking gekom, 'n wagkamer vir besoekers wat dit nie vir haar duidelik was dat die eienaar van die huis wou hê ander moet sien met aankoms nie.

Handelaars vir die grootste deel, waarskynlik, maar ook dié soos sy.

Die kamer het min versiering gehad, en net een venster, wat dig toe was.

Hier was 'n paar stoele, albei funksioneel, maar nie duur genoeg om regtig by die huis te pas nie.

Die enigste tikkie karakter was in die gang anderkant, wat op 'n klein voetstuk staan.

Dit was 'n beeldjie, gegiet in brons, wat 'n sater met 'n onwaarskynlik groot fallus wys, besig om 'n klein nimf te fokken.

Die nimf se mond was oop, skree, maar die beeldjie was te dubbelsinnig om te sê of die beeldhouer dit bedoel het om vir plesier of pyn te wees.

Wat, het sy vermoed, heel doelbewus was.

Hoe dit ook al sy, dit het na 'n vreemde ding gelyk om in die gang te hê.

Die man het teruggekeer, na 'n wag wat sekerlik bedoel was om haar op haar plek te sit, maar nie lank genoeg om werklik ongerieflik te wees nie.

"Haar dame sal jou nou sien," sê hy en beduie vir haar om te volg.

Hy het die pad gelei deur 'n gang wat, afgesien van die voetstuk en sy figuur, baie soos enige ander duur en weelderige huis gelyk het.

Hy het gewonder of die bronsbeeld tot sy eie voordeel daar geplaas is, en indien wel, wat was die boodskap wat dit veronderstel was om te hê.

Miskien was hy net van plan om haar onrustig te maak, maar indien wel, het hy misluk.

Dit sal meer as dit neem om 'n halwe demoon te verras.

Uiteindelik kom hulle by 'n houtdubbeldeur uitgekerf met 'n abstrakte bas-reliëf, wat die man oopgemaak het om 'n helderder vertrek daarbuite aan te dui.

Hy beduie vir haar om in te kom, en sodra sy dit gedoen het, buig hy stil voor die kamer se bewoner voordat hy terugstap en die deur toemaak.

Haar dameskap was duidelik 'n pervert.

Die tapisserieë het aan drie van die kamer se vier mure gehang en enige ander deure of vensters wat moontlik was, versteek.

Die enigste kaal muur was die een wat die deur bevat het waardeur hulle pas ingekom het, en wat helder lanterns met skone gehou het wat lig oor die vertrek gegooi het.

Boonop was daar twee stoele en 'n klein tafeltjie met wat gelyk het na 'n bottel wyn en 'n glas.

As sy in die leë stoel sou sit, sou die tafel buite bereik wees, maar nog belangriker, net die drie tapisserie-omlynde mure sal sigbaar wees.

En of die beeldjie in die gang dalk bedoel het om haar ongemaklik te maak of nie, die tapisserieë kan sekerlik.

Elkeen het 'n nagtelike tuin gewys, gevul met naakte liggame wat besig was met grafiese en eksplisiete seksuele dade.

Hulle het gewissel van die passievolle tot die bisarre en selfs brutale.

Benewens mense en elwe, het diermanne en halwe demone prominent verskyn, en baie van die paartjies was van dieselfde geslag.

Niks hiervan het iets te doen gehad met hoekom sy hierheen genooi is nie, en haar gedagtes het ontsnappingstaktieke begin formuleer, net as 'n voorsorgmaatreël.

Lady Gedren het in die grootste van twee troonagtige stoele gesit wat met rooi lap gevul is.

"Goeie aand," sê sy, haar stem glad soos sy, "sitplek."

Cassandra het reeds haar huiswerk gedoen, voor sy gekom het, oor die vrou voor haar.

Lady Taramis Gedren is selde gesien in die sosiale kringe van die plaaslike adel, en met goeie rede: sy was self 'n donker elf.

Sover Cassandra kon vasstel, is sy om een of ander rede uit haar eie samelewing verdryf, en het haar hier gevestig en haar fortuin deur handels- en magiese werk opgebou.

Die titel van "dame" was 'n blote liefde, 'n oorblyfsel van haar super-eksklusiewe opvoeding.

Sy gaan sit op die leë stoel, met die gesig na die donker elf.

Oor haar heerskappy se linkerskouer was 'n uitbeelding van 'n elfvrou wat aan 'n minotaurus se stywe haan verstik, en oor die ander, 'n beeld van 'n menslike mannetjie, vasgeketting aan 'n boom terwyl hy deur 'n manlike donker elf gesodomiseer word.

Te oordeel aan die mens se eie postuur was dit blykbaar iets wat hy baie geniet het, ten spyte van die kettings.

Cassandra het albei beelde geïgnoreer en haar oë stewig gevestig op die vrou voor haar gehou.

"Ek het gehoor jy is goed," het sy vrou gesê.

Die halwe demoon het niks gesê nie: gegewe die omstandighede was die frase nogal dubbelsinnig.

"In die verkryging van dinge sonder die medewete van hul eienaar," het Dark Elf Archer bygevoeg na 'n kort stilte, "om 'n perseel te betree waar ander verkies om nie ontheilig te word nie. Is dit waar?"

"Ja," antwoord Cassandra, 'n eenvoudige feitestelling.

Gedren het al geweet, anders sou sy nie hier wees nie.

Dark Elf Archer knik en behou haar hoogmoedige uitdrukking.

Haar rok, as dit so genoem kon word, was van 'n donkerpers materiaal gemaak, maar Cassandra het vermoed dat die skepper daarvan nie 'n blote gewone kleremaker kon gewees het nie.

Die bokant het bestaan uit twee stukke van die onbeskryflike donkerpers materiaal, oor Gedren se borste gespan, bymekaar gehou deur 'n goue borsspeld wat met 'n enkele robyn aan haar ruim neklyn vasgehou is, en ook toegerus met swart stroke lap om haar rug en oor haar skouers..

Sy het ook 'n mantel van 'n fyn, syagtige swart materiaal gedra, wat 'n choker om haar nek vorm, maar sy het dit teruggedruk om die sensuele en erotiese ensemble van die res van haar lyf beter te wys.

Silwer armbande het sy kaal arms versier, terwyl stukke swart vulling sy arms bedek het, pantseragtig, maar duidelik dekoratief eerder as prakties.

Sy vel was gitswart, glad en foutloos.

Haar maag was kaal, skraal en krom, versier net deur 'n goue filigrane ketting net onder haar naeltjie, met 'n klein hangende juweeltjie vas.

Daaronder het die tweede deel van haar rok gekom, twee breë bande van dieselfde donkerpers materiaal tussen haar bene toegedraai en tot in die middel van haar kuite.

Hulle is verbind deur nog twee swart bande, een wat oor haar kaal heupe gespan het en die ander laer op haar bo-dye.

Dit het amper soos 'n hemp gelyk, maar tog het dit haar bene amper kaal gelaat.

"Ek het 'n taak wat iemand van jou besondere talente vereis," het Lady Gedren gesê, "dit spreek vanself dat jou diskresie absoluut noodsaaklik is."

"Jy sal weet dat stilte gewaarborg is met my werk", antwoord die halwe demoon.

Gedren sou dit ook al nagegaan het.

Dit was te verwagte in hierdie besigheid.

"Perfek." Dark Elf Archer antwoord, 'n effense aanloklike glimlag op haar lippe.

Haar hare was spierwit, soos sneeu, teruggetrek in 'n lang poniestert, met los kuiwe wat haar gesig omraam.

Sy oë was helder amber, maar op een of ander manier so koud soos ys.

Sy het nie gelyk soos die tipe vrou met wie jy jou pad wou kruis nie, maar Cassandra het met baie van hierdie soort mense in haar lewe te doen gekry, en daar was min mense wat haar nou kon intimideer.

Gedren het traag haar bene gekruis, met die gladde swart uitspansel van 'n kaal bobeen en, waarskynlik heel doelbewus, 'n flits van haar donkerpers broekie.

Sy hele benadering, moes Cassandra erken, was nuut vir haar.

Normaalweg, as iemand haar wou beïndruk oor hoe kragtig en vreesaanjaend hulle was, sou hulle die geïmpliseerde dreigement van geweld gebruik.

Dit was die eerste keer dat iemand haar deur seksualiteit probeer ontmoedig het.

Maar sy was vasbeslote dat dit nie beter as enige ander benadering sou werk nie.

En dit was nie bloot deur die gebruik van versierings en onthullende kleredrag dat Gedren haar ongemaklik probeer laat voel het nie.

Selfs binne die kort tydjie wat hy in die kamer was, het die donker elf se oë al verskeie kere op sy lyf gereis en gerus.

Cassandra het leerklere gedra wat elke duim van haar vel bedek het, behalwe haar kop, maar daar was geen twyfel dat sy haar geestelik naak uitgetrek het nie.

As 'n halwe demoon was dit 'n ongewone ervaring, en dit het nie gelyk of Gedren sy wens nagemaak het nie.

Dus, as die tapisserieë enige gids was, het haar smaak na die ongewone en gevarieerde geneig, maar ongelukkig vir die donker elf was Cassandra nie van plan om dit nou saam met 'n ander vrou te doen nie.

"Daar is 'n paar individue wat onlangs na hierdie stad teruggekeer het," het Lady Gedren voortgegaan.

"Hulle is die soort mense wat geneig is om die ondergrondse ruïnes in te gaan op soek na goud en skatte. Ek is seker jy ken die soort mense van wie ek praat. Hulle is vaardig en ervare, soos enigiemand wat moet oorleef vir 'n lang tyd. in avonture".

Cassandra knik, maar wag vir Lady Gedren om klaar te maak met wat sy te sê het.

“En hulle het iets bekom, iets wat ek graag wil hê jy moet vir my bekom...”.

HOOFSTUK IV
VALERIE

Valeria het met die trappe aan die agterkant van die kartografie- en kaartwinkel opgegaan.

Onna, die winkeleienaar, was iemand wat sy al lank geken het.

Sy het hom dikwels van interessante dokumente of kaarte vir die reis voorsien, wat hulle op dramatiese avonture in die noordelike lande gelei het.

Die laaste so 'n kaart was besonder nuttig, en sy het verdien om die uitkoms van daardie avontuur te weet, so Valeria het soontoe gegaan kort nadat sy teruggekeer het.

Sy het aan die deur van Onna se woonstel bokant die winkel geklop, en is kort daarna beloon toe die eienaar die deur geantwoord het.

Valeria het gesien dat die vrou goed geklee was, met 'n ryk blou moulose rok aan met 'n lang romp wat langs die kant afgesny is om 'n skraal been en enkellengte stewels te wys.

'n Breë gordel het haar middel omgeknyp, wat haar figuur beklemtoon, en die rok self het 'n diamantvormige neklyn oop tussen haar borste met bande oor haar kaal skouers, waar 'n halssnoer van amberstene aan haar nek gehang het.

Valeria het dit alles opgemerk en dadelik besef dat dit waarskynlik nie haar vriendin se gemaklike klere was nie.

"Het ek jou onderbreek?" Sy het gevra: "Ek kan altyd môre terugkom."

Onna kyk vir 'n oomblik verbaas, kyk dan af na haarself en volg die elf se oë.

"Ag, niks wat nie uitgestel kan word nie," sê sy en bloos effens, "ek was net ... nee, dis niks. Kom in."

"As jy seker is," antwoord Valeria en kom binne.

Sy was al voorheen hier, maar nie baie gereeld nie.

Hulle het mekaar gewoonlik in die winkel gesien.

Onna het die beste en waardevolste dokumente hier gebêre, waar dit die veiligste sou wees.

Nadat hulle ontdek het dat Valeria se kliënte goed vir sulke inligting betaal het, het hierdie dokumente haar van waardevolle kliënte sowel as vriendskappe voorsien, en sy was van die min mense wat toegang tot haar innerlike heiligdom gehad het.

'n Lang gestoffeerde bank het die middel van die vertrek beset, op 'n ryk blou en wit mat voor 'n sierlike kaggel wat hierdie tyd van die jaar nie verlig was nie.

Antieke vase en kunsitems het die vertrek versier en die vrou se passie vir dinge van die verlede vertoon.

Aan die agterkant van die vertrek het 'n lessenaar verskeie stukke perkament bevat, duidelik in die proses van Onna se ondersoek.

"Ek wou jou laat weet hoe jou laaste uitverkoping uitgedraai het," het die elfvrou verduidelik, "dit was baie winsgewend vir ons."

"Ja, ek het gehoor jy is terug," het Onna gesê, "nuus reis vinnig. Conan en Snagg was net twee aande gelede by The Gold Cup, en die helfte van die dorp weet dit reeds."

Valeria het glimlaggend geknik.

Conan was eers die volgende oggend terug, wat amper ongewoon was, en selfs Snagg was laat.

Hulle het ongetwyfeld hul tyd daaraan bestee om enigiemand te behaag wat wou luister.

"So jy ken reeds die storie?" vra sy effens teleurgesteld.

"Net die geskiedenis op 'n vae manier; jy moet dit vir my voltooi. Maar, voor dit het ek ander sake vir jou. Ek het op ' n dokument afgekom wat ek dink jy kan nogal interessant vind."

"Ons beplan nog nie om weer uit te gaan nie," het Valeria haar gewaarsku, "maar dit is nie 'n rede om nie te kyk nie, ek is oukei daarmee."

As die dokument nuttig was, sou dit beter wees om dit nou te koop as om dit aan ander avonturiers te verkoop voordat hulle dit kan bekom.

Sy volg Onna na die lessenaar en kyk nuuskierig na die stukke perkament voor haar.

“Dit is die enigste kopie wat bestaan,” het Onna vir hom gesê terwyl sy ’n gerf ouer rolle omhoog hou. "Eintlik gaan dit oor hierdie stad, net hier. 'n Antieke dokument, wat toevallig in my hande gekom het. Dit blyk 'n verhaal te wees van 'n paar avonturiers uit vervloë tye. Hulle het iets onder die stad gevind, in die ou fonteine, dink ek. Kyk, daar is 'n paar kaarte hier, nogal kru geteken, ek weet, maar dit lyk of dit na iets gevaarliks verwys."

"Niks gevaarlik genoeg om die stad vir 'n eeu of wat te vernietig nie, reg?" High Elf Archer antwoord en glimlag.

Onna glimlag terug, 'n flits wit tande.

"Nee, ek dink nie. Maar dit is nietemin interessant, dink jy nie? En net hier, so dit is nie nodig om enige plek te 'gaan' om dit te ondersoek nie. Ek dink jy sal dit dalk lonend vind om te lees."

Valeria het geknik, "Ek stel belang. Ons kan later pryse bespreek."

Natuurlik... maar daar is een laaste ding. Iets waarmee ek jou hulp nodig het, eintlik. Ek het onlangs op 'n ander dokument afgekom. Daar is geen rede om te veronderstel dat dit van spesiale belang vir avonturiers is nie... maar, wel, dit is in 'n argaïese elwe-dialek, wat ek moeilik vertaal. Om eerlik te wees, ek kom nie te ver nie; daar is te veel woorde wat aan my onbekend is. As jy dit kan sien, en vir my 'n idee gee of dit die moeite werd is om verder na te kyk ... ek kan jou dalk 'n afslag op hierdie ander een bied," klop sy liggies oor die gerf kaarte.

"Sekerlik, hoekom nie? Laat ek kyk en ek sal sien wat ek vir jou kan sê."

Onna het 'n paar velle perkament oorhandig wat nie so oud soos die ander gelyk het nie.

Ja, die dialek was baie argaïes, en moes verskeie kere gekopieer gewees het, maar die skrif was duidelik Elfs.

Hy het 'n kort rukkie na hulle gekyk, en toe 'n lag gesmoor en sy hand oor sy mond gesit om sy vermaaklikheid weg te steek.

"Jammer," het hy gesê, "dit is nie heeltemal wat jy dink nie. Dit is nie regtig argaïes nie ... eerder die teenoorgestelde, indien enigiets. Maar nee, ek kan sien dat baie van hierdie woorde nie is wat jy normaalweg in jou werk sal vind nie. ." En die styl is ... dit is ook nie regtig een waarmee ek vertroud is nie."

Onna frons en lyk verward.

Haar mondhoeke het egter gedraai in simpatie met High Elf Archer se vermaaklikheid, maar nie geweet waaroor die grap gaan nie.

"So wat is dit? Is dit nie waardevol nie? Sê vir my dit is nie net 'n inkopielys, of iets nie!"

"Nee, dit is nie dit nie," het Valeria gesukkel om nie te glimlag nie.

Dit was regtig nie haar vriendin se skuld dat sy hierop afgekom het nie.

"En ek veronderstel dit kan iets werd wees vir die regte koper. Dit is net ... wel, miskien moet ek bietjie lees sodat jy weet waarvan ek praat."

***

Die geurige geur van rose het in die lug gehang, die lig vlek die groen blare soos die aanraking van sonlig op glinsterende water.

Die elfmeisie het gewag vir die saligheid van die uitbarsting wat 'n nuwe dagbreek sou aankondig, haar hart sing 'n ou dog nuwe deuntjie, 'n belofte van 'n vrugbare ontwaking.

Haar geliefde se asem, so sag soos somerreën op haar gesig, haar soen, die belofte van 'n onopenbaarde toekoms.

Die aanraking van 'n skoenlapper sou net so soet wees, soos toe die elwemeisie die groot, ligte bolle van haar verlangde minnaar se borste na haar tong bring...

***

"Jammer, ek kan net nie aangaan nie!" Se Valeria nou laggend hardop.

"Maar ek dink jy verstaan die prentjie. Dit ... dit is basies elwe porn. En die styl is waarskynlik meer oor-die-top selfs as wat dit lyk of dit in Common Speech vertaal word. Poëtiese toespelings en so meer ... mense lees dit , maar moenie Dit is deel van haar gereelde leeswerk, ek dink nie so nie. Sy wil my ook nie die indruk wek dat sy 'n baie kundige in hierdie leeswerk is nie."

Onna, blykbaar, het 'n heel ander reaksie gehad.

Sy het meer senuweeagtig gelyk as enigiets anders, haar oë groot, al het haar mond steeds in 'n halwe glimlag gedraai, asof sy ten minste die snaakse kant kon sien.

Hy maak sy mond oop, asof hy op die punt was om iets te sê, maar dit lyk asof sy beter daaraan dink.

"Ja?" sê Valeria, met meer vriendelikheid, hoewel sy voortgaan met die glimlag op haar lippe.

"Maar...uh...ek bedoel, die elfmeisie in die...uh, het jy nie gesê 'van haar lover' nie..." Sy sleep weg, begin nou 'n bietjie bloos.

High Elf Archer het dadelik die bron van haar vriend se verwarring besef.

Mense was vroeër 'n bietjie stadig met hierdie dinge.

"Ja," sê sy en lyk nou 'n bietjie ernstiger, "die 'elfmeisie' se minnaar is 'n ander vrou. Sonder om verder te lees, is dit moeilik om seker te maak, maar dit lyk of daar geen man by hierdie spesifieke storie betrokke is nie. ."

"Is dit ... is dit algemeen?"

Onna se oë was steeds groot, en nou gryp sy die kant van die lessenaar met een hand vas, 'n opwelling van emosie oor haar gesig.

Sy was duidelik skaam om meer te vra, maar terselfdertyd nuuskierig omdat sy die antwoord wou weet.

"Tussen die elwe? Ja, dit is."

’n Direkte antwoord was die beste manier om die kwessie te hanteer.

Die mensvrou het darem nie uitgevreet, of negatief gereageer nie.

Sy het darem 'n duidelike verduideliking daarvoor verdien... maar Valeria was steeds nie duidelik waarheen die vrae gerig is nie.

"Kyk, ons elwe is basies vry mense. Seks is nog 'n ervaring, iets wat ons geniet, as deel van ons liefde vir die natuur; ons bind dit nie aan streng reëls en regulasies nie. En daardie vryheid strek tot die geslag van ons maat. of metgesel, soveel as enigiets anders. En dit is nie net vroue nie; Elfmans is dikwels intiem met mekaar op 'n manier wat die meeste mans nie is nie. Vir ons is dit alles regtig 'n deel van die lewe." .

"So ..." sy lyk onseker hoe om die volgende woorde uit te kry.

Sy blou oë was gevestig op Valeria s'n, en sy sluk 'n bietjie haar senuweeagtigheid.

Skielik was dit vir High Elf Archer baie duidelik waar dit alles gaan.

En sy sal nie op hierdie stadium beswaar maak nie, as Onna net die vraag kon vra.

"So ..." het die kaartverkoper voortgegaan, "regtig ...?"

"Sal hy liefde maak met 'n ander vrou?"

Sy weet dat sy seker is dit is wat sy nou wil vra, en sy wou net die mens se reaksie sien.

"Ja, ek sou. Daar is niks verkeerd met 'n man nie ... soos ek gesê het, ons is vry met ons liefde. Maar ten spyte daarvan is daar niks soos die gevoel van 'n vrou nie; hulle weet altyd waar om aan te raak. En dit Ek vind dit waarlik goddelik."

Hy het 'n tree vorentoe gegee, sodat hulle net sentimeters van mekaar af was, maar Onna het niks beweeg nie, en haar oë het nog nie Valeria s'n verlaat nie.

Hy lek sy lippe af om hulle te bevogtig.

Valeria kyk hoe haar vriendin se pienk tong oor haar lippe gly.

Onna se bors het nou gestyg en gedaal, duidelik sigbaar deur die lae-snit rok.

High Elf Archer het nou gewonder of die rok, aantreklik soos dit was, vir haar bedoel was om te sien.

Onna sou geweet het sy kom...maar sy het dit duidelik nie verwag nie; sy verwarring by die hoor van die leesstuk was baie duidelik.

Miskien wou sy dit in een of ander diep deel van haar gedagtes hê, maar het dit tot nou toe nie regtig verstaan nie.

Noudat die geleentheid hom so duidelik moontlik voorgedoen het, was sy verward.

Onna haal nog 'n asem, en toe, in 'n stem wat amper bewe, en selfs op hierdie nabye afstand skaars hoorbaar, vra sy: "Kan jy my leer?"

In plaas daarvan om te antwoord, leun Valeria vorentoe, streel oor die kaartverkoper se wang, en soen haar dan op die lippe.

Dit was 'n eenvoudige aanraking, maar Onna het vir 'n oomblik teruggetrek, onseker van haarself.

Maar net vir 'n oomblik, reeds was dit Onna wat die volgende tree gegee het en die elwe-towenaar in reaksie hierop gesoen het, en hierdie keer met meer selfvertroue as voorheen.

Hul lippe het geskei, en hul tonge het ineengestrengel terwyl Valeria haar lyf teen haar vriendin s'n druk en die vorm van haar borste deur haar klere voel.

Sy leun terug, loer in Onna se gesig, kyk in haar blou oë, voel die onuitgesproke innerlike begeerte na haar woorde wat sy so moeilik vind om te verwoord.

Haar sanderige hare is teruggetrek, wat haar lang nek kaal, aantreklik laat.

Valeria het die punt van haar vinger langs Onna se ken gehardloop, haar 'n bietjie oplig, dan haar keel en die kant van haar nek gesoen, haar ander hand om die vrou se middel, en die sagte warmte van die stof gevoel.

"Miskien moet ons rusbank toe skuif?" het sy voorgestel.

Hier was iewers 'n slaapkamer, maar die elf was te angstig om tyd te mors om daarheen te gaan, en sy het vermoed die mensvrou was nog meer so.

Beter hier, in hierdie kamer wat nie aan albei bekend is nie.

Die ander vrou het geknik, miskien dieselfde gedagtes, of dalk te opgewonde op die oomblik om aan enigiets anders te dink.

Onna sit amper flop op die bank, haar bene slap.

Valeria glimlag en steek sy hand uit om weer aan die vrou se gesig te raak.

“Moenie bekommerd wees nie,” sê sy gerusstellend, “dit sal pret wees.”

Sy gaan sit half op die bank langs hom sodat hulle steeds na mekaar toe staan.

Onna het teen die agterkant van die bank geleun vir ondersteuning, haar arms uitgestrek, haar mond effens oop, die styging en val van haar bors duideliker as ooit.

'n Silwer sluiting het die stof van haar rok oor die diamantvormige neklyn vasgehou waardeur Valeria 'n blik op 'n deel van die vrou se klofie kon sien.

Sy gly haar vinger langs haar metgesel se sleutelbeen, verby die juwele-halssnoer, dan maak sy die sluiting behendig los, trek die twee stukke lap af en na die kant, en ontbloot Onna se borste.

Die mensevrou het nie beweeg nie, asof sy gevries was waar sy was, waarna Valeria weer vir haar glimlag en na die skouerbande uitreik.

Uiteindelik beweeg Onna haar arms, asof sy in 'n beswyming is, en staan 'n bietjie op van die agterkant van die bank, sodat Valeria haar rok van haar skouers tot by haar middel kan laat sak.

"Jy lyk pragtig," sê hy eerlik, maar die vrou het nie gereageer nie.

Hy soen weer, kortliks, Onna se lippe en tong en sê meer met die entoesiasme waarmee hy die soene ontvang het as met wat hy in woorde kon uitdruk.

Haar kaal borste vryf nou teen die materiaal van Valeria se eie rok, maar High Elf Archer het besluit om haar eie klere 'n bietjie langer te hou.

Met die einde van die soen kyk hy terug na Onna se bors.

Die vrou se borste was ruim, groter as sy eie, maar nie oordadig nie.

Sy beweeg haar hande oor hulle, voel die gladheid van die vel en veroorsaak dat die pienk tepels hard word.

Die kaartverkoper het 'n asem daarop geblaas, 'n gegil van plesier wat onwillekeurig opgestaan het.

Valerie glimlag weer.

Sy het dit geniet en haar tyd geneem.

Sy buk af om 'n bors te soen, rol die tepel onder haar tong, wat haar vriend weer laat snak, hierdie keer harder.

Sy passie het nou gestyg, onmiskenbaar, maar steeds het hy geen skuif na die elfvrou gemaak nie.

Valeria soen die ander bors, beweeg haar hand om dit los te maak, en staan toe op.

Onna het vir 'n sekonde gegrief gelyk, wat duidelik wou hê dat die plesier moet voortduur, totdat sy besef Valeria probeer haar rok oopknoop.

Anders as die menslike vrou, het sy nie spesiaal vir vandag aangetrek nie, alhoewel sy, in retrospek, gewens het.

Sy het 'n lang groen rok gedra, by die sleutelbeen gesny maar nie laer nie, met lang moue en 'n bleekgeel lyfie wat haar skraal middellyf pronk.

Haar hare is bo-oor haar spits ore teruggehou deur groen bande aan die bokant, maar het los van haar rug af geval en amper tot by die bokant van haar boude gekom.

Nou het sy die sluiting losgemaak wat die rok aan die agterkant van haar nek vasgehou het, en haar arms van die smal moue bevry en die rok oor haar heupe laat gly.

Terwyl haar vriendin klaarblyklik gekies het om niks onder die bokant van haar rok te dra nie, het Valeria steeds 'n slip onder dit gehad, sagte wit sy wat haar pragtige rondings vlei.

Hy kan die afwagting in Onna se oë voel terwyl hy kyk hoe sy uittrek, sy blik wat van haar skraal kuite en sagte groen skoene af beweeg, langs haar sy-geklede lyf tot by die ronding van haar klein borste.

Om die oomblik 'n bietjie langer te verleng, het Valeria haar rok uitgetrek, en toe haar skoene een vir een uitgetrek.

Dan kniel sy op die mat, voel die dik materiaal teen haar kaal knieë.

Hy los een skouer van die strokie, en dan die ander, druk die sy stadig langs haar lyf af, om by haar middel te ontmoet.

Onna het geen beweging gemaak om aan haar te raak nie, toe lig sy haar hand 'n bietjie na haar toe en soen haar weer.

Hulle borste raak, nou sonder enige lap tussenin, die elf se kleiner paar borste wat teen die groter mense druk.

Die kaartverkoper hyg en trek weg van die soen, haar emosie al te duidelik.

Valeria het besluit dat sy lank genoeg gewag het.

Sy gaan sit weer op haar hakke, en beweeg haar hande op Onna se sagte maag, terg haar naeltjie langs die pad, maak dan haar gordel los, sit dit opsy voordat sy die blou rok oor die vrou se bene gooi om haar gewig op sy voete.

Onna het na haar geskop, gretig om voort te gaan, en nou net in haar stewels en 'n wit broekie geklee.

Nou het Valeria haar vriendin se broekie laat sak en dit by haar voete gelos, maar nie een van die vroue het beweeg om hul stewels uit te trek nie.

Valeria het die mens se bene saggies uitmekaar gesprei en die binnekant van haar oop bobeen gestreel.

Onna sidder, skielik kwesbaar, alles ontbloot.

"Jy wil dit hê?" vra High Elf Archer, weet reeds die antwoord, maar wil die woorde hoor.

Maar Onna was stil, en het eenvoudig stil geknik.

Sy trek weer met haar vingers oor die vrou se maag, hierdie keer reik sy verder en streel die krulhare oor haar poes.

Toe kniel sy neer en soen hom.

Die kaartverkoper se lyf het geboë en sy het 'n kreun van plesier uitgespreek, die hardste geluid wat sy nog ooit gemaak het.

Aangemoedig het Valeria haar tong oor die hele lengte van die vrou se skaamlippe gehardloop en dan haar tong diep in haar poes gedompel.

Die gekerm hierdie keer was nog harder, haar bobene het stuiptrekkings gekry, en Onna het haar hand uitsteek, haar vingers deur die elfvrou se hare gedruk en haar teen haar kruis vasgehou.

Valeria gaan voort, gly haar tong in en uit, geniet elke druppel van die mens se emosie, terg haar klit.

Sy hande streel die vrou se bobene en onderkant en lig haar in 'n beter posisie van plesier.

Onna het gekerm, haar eie linkerbors met een hand vasgegryp en met die ander die elf towenaar se kop gegryp.

Sy het vir die eerste keer gepraat en Valeria se naam uitgeroep, haar heupe bewe.

Terwyl High Elf Archer voortgegaan het om haar klit met die punt van haar tong te ondersoek, lek en tik, kon sy sien dat die kaartverkoper naby aan klimaks was.

Alle spore van haar eertydse stilte is nou weg, haar kreun van plesier weergalm deur die vertrek.

Sy kon nie veel meer vat nie.

En Valeria wou nie hê sy moet dit ook doen nie.

Met 'n lang, uitgerekte sidderende kreun het Onna 'n hoogtepunt bereik, haar lyf krom teen die bank, haar stewelvoete wat op die vloer trommel, haar borste het gebewe.

High Elf Archer leun terug, kyk na die vrou terwyl sy hyg, sweetkrale wat nou haar naakte lyf krale.

"Dit was ... dit was ..." Hyg Onna terwyl sy sukkel om haar normale asemhaling te herwin.

"Dit," het Valeria gesê, "is nog nie verby nie. Ek dink jy wil nog meer hê ... en ek gaan dit vir jou gee."

Sy staan op en laat die strokie oor haar bene na die vloer gly.

Die mensevrou het amper gelyk asof sy skuldig voel terwyl sy dit doen, maar toe lek sy haar lippe af terwyl sy die naaktheid van die elf wat voor haar staan inneem.

"Ek weet nie of ek kan ..." het sy gesê en gesmeek. "Nog nie ... jy is pragtig, Valeria, en ek wil ... maar ek moet my asem skep."

“O, ek dink jy is nou gereed,” antwoord sy en leun af om nog ’n keer daardie lippe te soen.

Onna maak haar oë toe, die soen het talm, en die beweging van haar lyf soos hulle borste raak, het die elf weer oortuig dat sy reg is.

Wat goed was, want haar eie poes was nou seer, haar eie plesier vat te lank.

Sy vat Onna se hand en trek haar na die mat sodat hulle twee van aangesig tot aangesig lê.

Hulle het weer gesoen, hul lywe verstrengel, hul bene gly teen mekaar.

Hulle het omhels, Onna het die vingers van een hand deur die elf se lang, syagtige hare gestreel, dan oor haar rug gestreel, terwyl Valeria haar boude streel.

Die soen gaan voort, die kaartverkoper se lyf vryf teen Valeria s'n en haar tepels word weer hard.

High Elf Archer laat haar los, gly haar hand op om een bors te trek, en vryf dan 'n vinger oor die pienk tepel.

"Jy sien?" sy het gesê, "jy is weer meer as gereed. Maar hierdie keer ..."

"O ja," het Onna gesê, "ek wil hê dit moet vir ons albei wees. Ek het al dikwels aan so iets gedink. Hoe dit sou wees om saam met 'n ander vrou te wees, maar nooit ... ek het Ek dink nie ek sal die kans kry nie. Nou ja, ek wil nie hierdie oomblik verloor nie."

"Doen soos jy wil aan my, sonder vrees," het High Elf Archer geantwoord en haar nog 'n keer gesoen.

Onna se hande beweeg, gly om haar maag, en tot by die elf se klein borste.

Valeria sug gelukkig en rol op haar rug.

Die kaartverkoper het oor haar geleun, haar sleutelbeen gesoen, een bors omhul, dit teen haar hande gevoel, maar nie meer nie.

Om haar aan te moedig, het die elwe-avonturier haar eie hand oor die vrou se maag gedruk, weer tussen haar bene verken en gevind dat haar lippe klam en opgeswel is, wat steeds plesier uitnodig.

Onna hyg en leun toe af om elkeen van Valeria se tepels te soen, haar tong nat en gretig.

"Ja..." prewel sy, "o ja..."

High Elf Archer het gereageer deur haar vingers na binne te beweeg en die nattigheid van die vrou se poes binne te dring.

Haar maat kreun, wriemelend op die mat, terwyl Valeria 'n been deur hare haak.

Uiteindelik het Onna gelyk of sy besef wat haar minnaar nodig het, terwyl sy versigtig tussen die elf se bene raak en 'n vinger tussen haar dye hardloop.

Hoeveel het daardie aanraking hom gekos, daardie uitlokkende optrede!

Valeria beweeg haar eie vingers in en uit, gly in die nattigheid van Onna se poes in en wys vir die vrou wat sy self wil hê.

Die mens het gedelf, haar duim gly oor die elfvrou se poes, in die soetheid van haar geslag.

High Elf Archer kreun sag, bemoedig haar, beweeg haar eie vingers vinniger.

Dit was te veel vir Onna.

Sy rol op haar eie rug, skop haar bene, skud, ontrafel.

Valeria stut haarself op een elmboog, haar vingers pomp steeds in en uit, terwyl Onna na een van haar borste gryp.

Die vrou het haar nou gesmeek, hyg en skree van plesier.

Valeria kriewel en druk weer haar gesig in Onna se poes.

Hy lek dit gretig, sy wysvinger gly steeds in en uit die vrou se nattigheid, en vind haar klit met sy tong.

Onna gil, vergeet haar eie liefkosings, een hand gryp Valeria se boud, druk haar neus teen haar vriendin se maag.

Hoë Elf Archer het oor haar gespan, een bobeen aan weerskante van haar gesig, terwyl sy steeds lek en suig terwyl haar vinger aanhou ondersoek het.

Met 'n laaste woordelose gil het Onna vir die tweede keer sy hand uitgesteek, haar lyf krampagtig, Valeria se rug geklem, haar gesig nou teen een van die elf se binne-dye gedruk.

Haar bene ruk, en sy kreun, terwyl die avonturier se lang hare oor haar sy gly.

"Godin, ek is jammer," het die mens gesê. "Jy is so goed". Sy sluk voordat sy voortgaan, "Maar ek wil dit alles hê. Nou weet ek hoe dit voel. En ek wil 'n ander vrou maak soos ek. Ek moet net ... ek moet net weet hoe om dit reg te doen."

"Ek dink jy weet wat om te doen," sê Valeria, "asof jy dit aan jouself gedoen het."

Hy was nou ongeduldig, maar het probeer om dit nie te wys nie.

"Ek het jou nodig, ek het jou nou regtig nodig. Ek kan nie meer wag nie."

Onna rek en draai haar gesig na die elf se eie poes.

Valeria voel hoe sy vinger in haar poesie gly, hy hyg weer soos die plesier begin bou.

Sy het die vrylating nodig gehad, sy het dit nou bitter nodig.

Sy wieg haar heupe heen en weer, vryf met haar vinger teen die binnekant van haar poes.

Die kaartverkoper het swaar asemgehaal, steeds onseker van haarself.

"Ja, dit is goed," het High Elf Archer gehuil, "moenie ophou nie."

Onna waai nou ongeduldig met haar vinger, en Valeria sidder van afwagting.

Die mensvrou se hand was nou glad met haar geslag, terwyl die elf die binnekant van haar bobeen gesoen het, met die punt van haar tong oor die lip van haar vagina.

Met die aanraking van sy tong het die kaartverkoper 'n verwurgde kreet uitgespreek, haar vinger uitgetrek en Valeria se boude met albei hande gegryp en haar gedwing om haar vagina in sy mond te laat sak.

Haar tong gly in die elf se kut in, gly onervare, totdat dit haar klit gevind het.

"Ja, net daar!" Valeria gil en druk haar heupe in die vrou se gesig in.

Onna was aangemoedig, haar vaardigheid en selfvertroue het duidelik gegroei.

Dit was al wat hy nodig gehad het, moed.

High Elf Archer kon nie meer praat nie.

Sy hyg, skree haar geliefde se naam, soos die heerlike plesier toegeneem het.

Sy kom skielik, haar bobene het amper Onna se kop gevang.

Dit was 'n ontploffing, haar opgekropte passie is in 'n skielike oomblik vrygestel, haar gekerm weergalm dié van haar maat.

Golwe van plesier het in haar lyf neergestort en haar verblindend leeg gelaat.

Onna het nou presies geweet hoe dit voel om 'n vrou se orgasme op haar gesig te hê...

DIE STORIE SAL VERDER IN: CONAN DIE BARBAAR TWEEDE DEEL

Don't miss out!

Visit the website below and you can sign up to receive emails whenever Erika Sanders publishes a new book. There's no charge and no obligation.

https://books2read.com/r/B-A-IGGS-HMCNC

BOOKS 2 READ

Connecting independent readers to independent writers.

www.ingramcontent.com/pod-product-compliance
Lightning Source LLC
La Vergne TN
LVHW101954220826
846093LV00006B/220

* 9 7 9 8 2 2 3 4 0 8 5 3 6 *